大偵探
福爾摩斯

—— 逃獄大追捕 ——

U0053521

SHERLOCK HOLMES

序

　　有時我們會接受邀請，出席一些小學舉辦的小型書展和簽名會。早前出席簽名會時，發現低年級的讀者也不少。雖然在 facebook 的帖子中，也得知一些讀者還在唸小學一年級，但在簽名會中親眼目睹，感受就強烈得多了。

　　「小學一年級的學生，能消化得了《大偵探福爾摩斯》的故事嗎？」每次看見那些可愛的小豆丁，我心裏就會有這個疑問。因為這個系列的故事，原意是寫給三年級以上的小學生看的，從沒想到一年級的學生也會看得入迷。

　　但回心一想，這些小豆丁可能並非我們大人心中所想那麼「小」了。現在社會發達，他們可以從不同媒介接觸到包羅萬象的資訊，知識可能遠比以前的小朋友豐富。《大偵探福爾摩斯》這類複雜一點的故事，說不定反而合他們的胃口。

　　看來，小豆丁們年紀小小，但他們的吸收能力卻絕不能小覷呢。

厲河

余遠鍠

大偵探福爾摩斯
逃獄大追捕

登場人物介紹

福爾摩斯
居於倫敦貝格街221號B。精於觀察分析，知識豐富，曾習拳術，又懂得拉小提琴，是倫敦最著名的私家偵探。

華生
曾是軍醫，為人善良又樂於助人，是福爾摩斯查案的最佳拍檔。

小兔子
扒手出身，少年偵探隊的隊長，最愛多管閒事，是福爾摩斯的好幫手。

李大猩&狐格森
蘇格蘭場的孖寶警探，愛出風頭，但查案手法笨拙，常要福爾摩斯出手相助。

馬奇
歐洲最著名的騙子，有一女兒叫凱蒂。

波利
「鐵壁」監獄的獄長。

瘦皮猴
「鐵壁」監獄的獄警。

刃疤熊
被判終身監禁的獄中老大。

四年前的憾事

「你的電報。」房東太太從樓下上來，把一封電報遞上。

「謝謝。」福爾摩斯接過電報，只見上面寫着兩句簡單的說話。

> 馬奇越獄，
> 見字速往鐵壁。
>
> 狐格森

福爾摩斯抬起頭來，心中泛起一股莫名的**感慨**：「馬奇……他竟然越獄？」四年前那個叫人心痛的**光景**又浮現眼前……

那是一個星期天，倫敦的天氣出奇地好，天空一片蔚藍，暖和的陽光叫人心曠神怡，一間大宅的後院傳來了陣陣歡笑聲，一群少女聚在擺滿了食物的圓桌前喧譁嬉戲，好像正在開生日派對。

有三個人鬼鬼祟祟地躲在對面房子的二樓，透過格子玻璃窗監視着少女們的一舉一動。那三個不是別人，正是我們熟悉的福爾摩斯、李大猩和狐格森。

「他真的會來嗎？」狐格森輕聲問。

「一定會來。」福爾摩斯說，「他只有這麼一個女兒，每年女兒的生日他都會來，這次應該也不會例外。他雖然行騙時冷酷無情，但對待自己的親生

骨肉，看來還是有一點父女親情的。」

「哼！但願如此。不過，這種以詐騙為生的**社會敗類**，怎會對人還有感情，就算有，也只是用來陶醉自己的**偽善**。」李大猩像吐出唾沫似的說。

「你也說得有理，不過，他騙人似乎也有點原則，栽在他手上的都是些貪心的有錢人，其實他是利用那些人的**貪念**來行騙。」福爾摩斯說。

狐格森想了一下，點點頭道：「想起來，那傢伙也真的是從未欺騙過窮人，看來也算是**人性未泯**呢。」

「哼！我不管他人性泯

滅了沒有，騙子就是罪犯，他出現的話，我就要把他拉進大牢！」李大猩一臉正氣地道。

　　福爾摩斯三人口中的「他」，就是著名的騙子**馬奇**。他雖然從未結婚，卻有一個14歲的私生女**凱蒂**。為了方便行走江湖，他把凱蒂寄養在一個好朋友的家中，但每年凱蒂的**生日**，他總會飄然而至。不過，凱蒂並不知道馬奇是自己的親生父親，

她只知道這位親切的叔叔每次來訪，都會送她一個漂亮的布製**玩偶**。她的睡房裏，已擺放了14個不同款式的布偶了。

馬奇神出鬼沒，足跡遍及整個歐洲大陸，每次作案都用不同的名字，加上易容術了得，各國警方一直都沒法把他拘捕歸案。早前，他更在**太歲頭上動土**，把一幅名畫的贋品賣給了當今英女皇一個愚蠢的親戚，激起**軒然大波**。在**英女皇**的震怒下，蘇格蘭場受命必須一個月內破案，於是，狐格森和李大猩只好硬着頭皮請福爾摩斯協助調查了。

我們的大偵探接手後，發覺馬奇每次行騙都佈局精妙，不會留下任何線索暴露行蹤。而且，

他每次作案後都會轉移地點，如這次是英國倫敦，下一次就是法國巴黎，可說是神龍見首不見尾。更屬害的是，他作案並不頻密，一年一次起兩次止，令警方更難捕捉他的去向。

福爾摩斯知道，要循犯案的線索拘捕馬奇非常困難。於是，他從調查馬奇的背景着手，希望從中找出他的弱點，然後才誘虎出山，把他拘捕。

經過多日的調查後，福爾摩斯查出了凱蒂的存在，無獨有偶，凱蒂剛好快要15歲了，而且還會在生日當天在家中開生日派對。

「唔？看來我們的貴賓到了。」福爾摩斯通過格子窗，盯着一輛緩緩駛近的馬車說。

「啊？」李大猩和狐格森連忙湊到窗前，往下面看去。果然，一輛馬車駛近停下，一個高高瘦瘦的紳士從車上走了下來。

　　「但不能肯定他就是馬奇，弄錯了會打草驚蛇啊。」狐格森有點擔心。

　　「不，他就是馬奇。」福爾摩斯斷言。

　　「你為何這麼肯定？」李大猩問。

　　「你們看，他手上不是有一個印着 L&M 的紙袋嗎？」

　　「那又怎樣？那紙袋又怎能證明他的身

份？」狐格森覺得福爾摩斯的說話莫名其妙。

「哎呀，你們一定沒有買過玩具送給小孩子了，L&M是布偶玩具的**品牌**，那紙袋裏一定有一個布偶。」福爾摩斯沒好氣地道。

李大猩和狐格森連忙再定睛細看，果然，那個紳士提着的袋子上印着L&M的商標，此外，下方還印着一個布偶圖案，看來那真的是**布偶專門店**的紙袋。在那一瞬間，兩人都明白大偵探的意思了，因為他們都知道，馬奇最愛送布偶給女兒。那人提着一個

裝載布偶的紙袋，已間接證明了他就是馬奇！

「這傢伙也真**悶蛋**，每年都送布偶，女兒都15歲了，還愛玩布偶嗎？」狐格森不屑地說。

「嘿嘿嘿，在父母眼中，兒女都是永遠長不大的孩子，看來馬奇這個大騙子也不例外呢。」福爾摩斯笑道。

「管他悶不悶蛋，這讓我們**識穿**了他的身份，正好去抓人！」李大猩看見通緝犯就在自己眼下，興奮得**磨拳擦掌**，說着，就作勢要衝下樓去。

「**且慢！**」福爾摩斯慌忙喝止，「他已進入了後院，現在不宜動手。」

「肉已在口邊，哪有不馬上吃的道理？」李大猩反問。

「那個後院還有其他人，如果馬奇反抗，我

們可能會**傷及無辜。**」

「那怎麼辦？」狐格森問。

「待他離開時才動手吧。」福爾摩斯說着，又往下看了一眼，「馬車還停在門前等他，看來他也不會獃太久。」

李大猩兩人想想也覺有理，只好耐心等候。

果然，過了半個小時左右，那人重新戴上帽子，向派對的其他人道別了。

「趁他還未步出門口，我們分三路 包抄 ，絕不可讓他逃脫。」李大猩緊張地下令。

三人迅速奔下樓去，福爾摩斯從正面越過馬路，站在馬車的車門前面，封住了上車的去路。李大猩和狐格森則 左右夾攻 ，堵住人行道的兩邊。

這時，那個紳士剛好從後院步出，他一眼看見有人堵在車門前面時，似乎微微 嚇了一驚 ，但馬上又鎮靜下來，並向福爾摩斯說：「這位先生，我要上馬車，可以站開一點嗎？」

「可以呀。」福爾摩斯說着，向左右兩邊**指**了一下，「如果那兩位警探同意的話。」

那紳士赫然一驚，企圖覓路逃走，但全部去路已被**堵住**，他已無路可退了。李大猩和狐格森一步一步逼近，手上還握着手槍。

大概知道已沒法逃脫了吧，那人歎了一口氣道：「你們是蘇格蘭

場的人吧？我願意跟你們走，但不要驚動院子裏的人，可以嗎？」

「嘿嘿嘿，馬奇，你是馬奇吧？你已是甕中之鱉了，還有資格談條件嗎？」李大猩冷笑。

「沒錯，我是馬奇。不過，我不是談條件。這只是我的請求。」

「這樣說的話倒比較中聽，你乖乖讓我銬上手銬的話，就不會驚動他人了。」

李大猩逼近一步。

「好的，謝謝你。」

馬奇向李大猩伸出雙手。

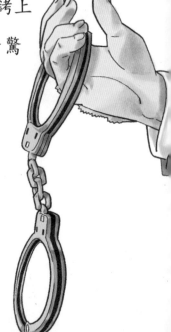

「咔嚓」一聲，李大猩把手銬銬在馬奇雙腕上。就在這時，一個抱着布偶的少女突然從後院跑出，她走到馬奇面前遞上一個**煙盒**，說：「叔叔，你忘了拿——」

少女說到這裏，沒有再說下去，伸出的手也止住了。福爾摩斯發現，少女的眼睛怔怔地盯着馬奇腕上的手銬，臉帶驚愕之色。

「**哇哈哈哈！傻丫頭，獄中是不能抽煙的，煙盒就由我保管吧。**」李大猩一手奪過煙盒，得意忘形

地說，「還有，他不是你的叔叔，他是你的親生**父親**，還是個<u>犯案累累</u>的騙子呢！」

糟糕！福爾摩斯要阻止已來不及了，好一個自作聰明的李大猩，竟然毫無顧忌地在馬奇的女兒面前暴露了馬奇的身份！

少女茫然地抬起頭來看着馬奇，手一鬆，抱在懷裏的**布偶**墮下，無聲地滾在地上。

頂級的騙子

「外面漆黑的一片，什麼也看不到呢。」華生坐在火車**車窗**的旁邊說。

「是啊，乘搭通宵行駛的火車最沒意思，要是在白天的話，就可看到外面**白雪皚皚**的美景了。說起來，昨夜下了場大雪，但今天一早又放晴了。一早一晚的溫度竟相差攝氏十幾度，最近的天氣有點**反常**呢。」福爾摩斯道。

「對了，狐格森那封電報上說的逃犯叫馬奇，你認識他的嗎？」華生問。

福爾摩斯閉起眼睛，似是慨歎又似是回味地說：「他是個精於騙術的**高手**，專門設局欺騙**達官貴人**。不過他的座右銘是騙財不見

血，只會**智取**而不會使用暴力，也不騙窮人的錢，算是**盜亦有道**吧。」

華生感到詫異：「啊，是嗎？但我從沒聽過你提起他呢。」

「因為當中有一段不愉快的記憶，沒有人問起的話，我並不想提起它。」

「為什麼呢？」華生問。

「當年，各國警方都對他**束手無策**。後來，經過多番努力，才終於和李大猩他們把他拘捕了，但也犯下一個不可原諒的**過失**。」福爾摩斯懊悔地說。

「不可原諒的過失？」華生感到頗為意外。

「對，因為我們傷害了一個**無辜的少女**。」

「啊？」

福爾摩斯用手指捏一捏眉心，以充滿苦澀

的語氣說：「當年，我用盡方法調查馬奇的出身和背景，希望可以找到他的**弱點**。終於，讓我查出他有一個名叫凱蒂的女兒寄養在朋友家中。於是，我們在凱蒂舉行15歲**生日派對**那天埋伏，等候馬奇的出現……」

　　福爾摩斯萬千感慨地把收到 電報 後的回憶一一道出。

「原來有這麼一段往事。」華生聞言後不禁歎息，對李大猩的**不近人情**也感到有點氣憤。不過，事過境遷，那也不是福爾摩斯的過失，華生不明白老搭檔為何仍然**耿耿於懷**。

福爾摩斯扭過頭來，沉痛地對華生說：「凱蒂並不知道馬奇是自己的生父，更不知道生父原來是個騙子，當她知道真相的那一刻，完全呆住了。據說，**她往後整整一年不肯與人說話**，可能是太過傷心和太過震驚了吧。其實，如果我在事前跟李大猩他們溝通一下，完全可以避免這種事情發生。」

原來如此，難怪老搭檔那麼**自責**了，華生心想。

「事情並沒有完結。」福爾摩斯續道，「我後來寫了封信到獄中

給馬奇，為拘捕他時沒有照顧其女兒的感受而**道歉**。」

「啊……」

「後來我收到他的回信，他叫我**不必介懷**，還說自己是個專業的騙子，失手被捕是**技不如人**，只好願賭服輸。他還說，被捕坐牢也有好處，因為終於可以在獄中修心養性**改過自新**了。」福爾摩斯說。

「但從這次逃獄看來，他不是真的**修心養性**呢。」

「不，他還有一年就出獄了，被抓回去的話起碼要多關五年，代價實在太大了。我知道他另有苦衷。」

「什麼？難道你已調查過了？」華生感到意外。

「在收到狐格森的電報後，我已馬上調查，但細節就不方便說了。」

華生斜眼看着福爾摩斯，不滿地道：「又要賣關子嗎？」

「不是賣關子，只是不想害你與我一起犯法。」

「又來這一套了，在調查艾琳一案時，你不是害我犯了法嗎？*況且這次是去追捕越獄犯，又怎會害我犯法。」華生投訴。

福爾摩斯搖搖頭，道：「沒錯，這次是協

＊詳情請看《大偵探福爾摩斯⑰史上最強的女敵手》。

助李大猩他們追捕越獄犯，但與此同時，我還有別的想法，在執行這個想法時，可能會犯法。如果我把這個想法告訴你，而你又協助我的話，那麼，你就是**明知故犯**的同謀了。」

「我不怕犯法。」
「跟上次的**惡作劇**不同。」

「別嚇唬我。」
「我說的是真話。」

「有多嚴重？」
「很嚴重。」

「嚴重得要**坐牢**？」
「正是。」

「真的？」

「要聽嗎？實情是──」

「**且慢！**千萬別告訴我，我不想坐牢。」
華生慌忙阻止福爾摩斯說下去。

「嘿嘿嘿，你明白了吧？我不想害

你坐牢，才不告訴你啊。」福爾摩斯

狡黠地一笑。

華生恨得牙癢癢的，他想知

道箇中秘密，但又不想坐牢，只能沒

好氣地說：「既然如此，你為什麼又拉我一起

去調查此案？」

「怕你**事後埋怨**。」

「什麼意思？」

　　「我想查出他逃獄的方法。你知道嗎？那所監獄有個外號叫『████』，專門用來囚禁重犯，一點也不容易逃脫。他一定想出了非常巧妙的越獄方法。」福爾摩斯一頓，斜眼地看了華生一眼，「難道你想錯過去**見識**一下嗎？」

　　華生被問到了痛處，他不得不承認，一個這麼有趣的案子，是絕對不能錯過的。而且，從福爾摩斯的口氣推測，馬奇是一個**聰明絕頂**的騙子，

他跟老搭檔**高手過招**，必會引發連場精彩的鬥智好戲，錯過了親眼見證的話，一定會事後埋怨。

「馬奇⋯⋯馬奇⋯⋯嘿嘿嘿⋯⋯」福爾摩斯靠在椅背上**開目養神**，口中卻唸唸有詞。看來，他的心早已飛越雪山，直搗那所「鐵壁」監獄了。

華生看到福爾摩斯這個樣子，心中也充滿了期待——馬奇究竟是一個怎樣的人？他又用什麼方法越過「鐵壁」，逃之天天的呢？

「鐵壁」監獄

火車在雪地中**飛馳**，它穿過長長的隧道後，來到了最接近監獄的火車站時，已是第二天的清晨。兩人下車後，再轉乘一輛馬車，通過**彎彎曲曲**的山路，花了三個小時才到達外號「鐵壁」的監獄。

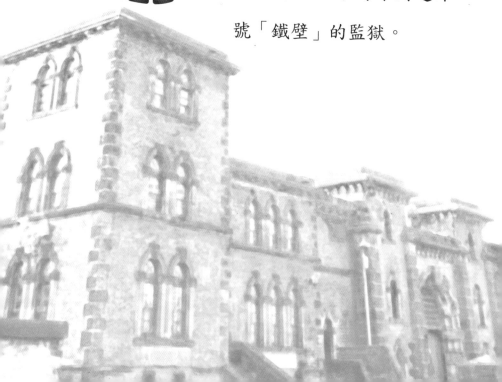

在監獄的門口，一個穿着制服的**胖子**神情焦急地等候。他看到馬車一到，馬上就衝過來問道：「你們是福爾摩斯先生和華生醫生嗎？」

「我是福爾摩斯，這位是華生。」福爾摩斯自我介紹。

「啊！太好了，我已在這裏等了個多小時啊。」胖子趨前緊緊地握着福爾摩斯的手，「我叫**波利**，是這裏的**獄長**。」

在波利的帶領下，福爾摩斯和華生通過一道重厚的鐵門，進入了監獄。整座監獄被高高的圍牆團團圍住，如果沒有梯子，要攀越這堵圍牆是不可能的事。

「正面的建築物是牢房大樓，連逃脫的馬奇在內，一共關着49個囚犯。」波利道。

「那麼，馬奇是從這座牢房大樓中逃脫的嗎？」福爾摩斯問。

「不，他是從那間單身牢房逃脫的。」波利指着前方左邊的一間石造的小屋。

「單身牢房？馬奇犯了什麼事嗎？」華生問，因為他知道單身牢房專門用來關押那些在獄中犯事的囚犯。

「他前天傍晚與一個囚犯打架，還打掉了對方兩顆牙齒。」波利道。

福爾摩斯聞言感到詫異：「馬奇不是個喜歡使用暴力的人呀。」

波利瞪大了眼睛，道：「你很清楚他的性格呢。對，他絕少犯事，是這裏的模範囚犯，前天是他入獄後第一次動手打人。」

「他為什麼打架呢？知道原因嗎？」

「我們調查過了，據說只是因為言語衝突而起。」波利道，「不

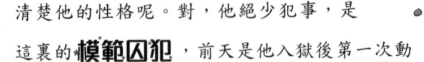

過馬奇也真大膽，竟敢偷襲那個出名兇狠的**刀疤熊**，而且還毫無顧忌地在幾個獄警面前動手。」

「馬奇是個**深思熟慮**的人，他沒有理由會如此魯莽呀？」

「對，我們也百思不得其解。而且，刀疤熊是個被判終身監禁的**殺人犯**，他被關在這裏已15年了，是囚犯中的**老大**，大家都怕了他。」

福爾摩斯眼神中閃過一下疑惑，問：「這所監獄有多少間單身牢房？」

「就那麼一間。」

「這麼說來，這一定是**有計劃的行動**。馬奇在獄警面前動手，其實是為了保護自己，

以免遭到刀疤熊的還擊。」福爾摩斯分析，「當然，真正目的是為了受到懲罰，好讓自己被關進單身牢房中。」

　　波利聞言，沉思片刻後終於醒悟：「這樣的話，他逃獄時就不會被其他囚犯發現了。」

　　「對。」福爾摩斯道，「看來，單身牢房比一般的牢房更易逃走，否則馬奇不會這樣做。」

「不！」波利馬上否定，「單身牢房的**鐵窗**和**鐵門**更牢固，但不知怎的，牢房的門鎖着，鐵窗也完好無缺，但人卻失蹤了。」

「有那麼神奇嗎？我倒想看看呢。」福爾摩斯嘴角泛起一絲笑意，看來他腦袋中的**機器**已在迅速運轉了。

「好呀，我們就過去看看吧。」波利說着，就領着福爾摩斯和華生走過去了。

三人一踏進小屋，就看到蘇格蘭場的那對活寶貝蹲在地上檢視，狐格森更**自言自語**地說：「每一吋地方都檢查過了，就是不明白他

如何逃脫。」

「找了一天也沒發現嗎？」福爾摩斯問道。

「啊？福爾摩斯，你們來了？」狐格森轉過頭來打招呼。

李大猩往福爾摩斯瞅了一眼，冷冷地道：「別誤會啊。這次不是叫你來幫忙，只是馬奇你也有份拘捕，他現在逃脫了，道義上我們得通知你一聲。」

華生心想，李大猩就是李大猩，永遠地**死要面子**，明明叫人家來幫忙，卻口硬不肯認，還要說得好像很為他人着想似的。

福爾摩斯毫不介意地笑道：「嘿嘿嘿，謝謝你的**好意**。我已好幾年沒碰到過馬奇這個級

數的大騙子了，這次正好來與他**敘舊**。」

　　獄長波利又瞪大了眼睛問道：「這麼說來，你很有信心把他抓回來了？」

　　未待福爾摩斯回答，李大猩已搶着說了：「還用問！你以為我們是**吃素**的嗎？」

　　華生對李大猩的**自吹自擂**看不過眼，出其不意地放出一句冷箭：「那麼，馬奇是怎樣離開這牢房的呢？」

　　不過，李大猩好像早有準備似的伸出兩根手指，信心十

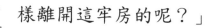

足地道：「牢房**固若金湯**，根本沒法獨力逃出去，所以只有兩個可能。」

「啊？」狐格森聞言嚇了一跳，沒想到自己**茫無頭緒**之際，李大猩已有所發現了。華生和胖子獄長也感到非常意外，期待着李大猩的答案。

看到眾人驚訝的樣子，李大猩就更得意了，他伸出食指在華生眼前**晃了晃**，道：「第一個可能性是—— **馬奇從一開始就不在這間單身牢房之中！**」

「什麼？怎可能？」波利連忙高聲否定，「我**親眼**看着他被關進這裏的！」

「噢，是嗎？」李大猩不慌不忙地走近波利，突然變臉怒喝，「**那麼，就是你的監獄中有內鬼，把馬奇放走了！**」

波利被嚇得退後兩步，戰戰兢兢地道：「這⋯⋯這我倒沒想過。」

李大猩**得勢不饒人**，一步一步逼近波利

道：「誰有這間單身牢房的 鑰匙 ？是你嗎？難道是你被馬奇買通了？所以把他放走？」

「不……我……」波利被嚇得臉色刷白，不知如何應對。

「馬奇是從這兒走出去的。」忽然，眾人背後響起了一個聲音。

大家回頭一看，只見福爾摩斯已站在窗旁，正用手指指着 鐵窗 。

「什麼？你瞎了嗎？你以為馬奇是隻 老鼠 嗎？他怎能從這個鐵窗鑽出去？」李大猩 反唇相譏 。

「嘿嘿嘿，這個窗雖然不大，但足以讓一個成人進出啊。」說着，福爾

摩斯抓緊窗上的鐵枝，然後用力一拉。

「咔嚓」一聲響起，整個窗的鐵柵給他完完整整地拆下來了。

「啊！」眾人呆了半晌，說不出話來。李大猩更兩眼圓瞪，驚訝得幾乎連眼珠子也掉下來了。

「怎會這樣的？」獄長波利問。

福爾摩斯沒有回答，卻在鐵柵上嗅來嗅去，然後說：「馬奇一定是在廚房工作。還有，他也常可進入這間單身牢房。」

「你怎知道的？」波利不明所以，「他守規矩又聽話，所以被分派到廚房當伙夫，同時也負責這個單身牢房的打掃工作。這些都是模範

囚犯才能分配到的優差。」

「呵呵，那就難怪他可以在這個鐵柵上做手腳了。」福爾摩斯笑道。

「但跟廚房有什麼關係？」波利問。

「你看。」福爾摩斯指着鐵枝的末端說，「這是鏽蝕的痕跡，所有鐵枝的末端都有這種鏽蝕，很明顯是鹽水造成的，而鹽通常只能在廚房找到。」

「哦，你剛才嗅來嗅去，就是要嗅出鹽的氣味嗎？」狐格森問。

「不，我是想嗅嗅有沒有尿的氣味。」福爾摩斯答。

「尿的氣味？」狐格森覺得奇怪。

「對，因為把尿塗在鐵柵上，也可以造成鏽

蝕。不過，馬奇沒有這樣做，他能輕易取得鹽的話，也沒有必要使用尿液。」

「原來如此。」華生恍然大悟，「這麼說來，馬奇必定是**長年累月**地從廚房一點點地偷出鹽粒，再用唾沫把它融解，然後塗在鐵柵與牆身的連接處了。」

「就是說，他花了**四年**時間來鏽蝕鐵枝，終於在前天晚上把鐵柵拆下來。」波利讚歎似的搖了搖頭，「這股**毅力**可不簡單啊。」

「哼！你還好意思說？」李大猩狠狠地向波利喝道，「如果不是你**監管不善**，他怎可能偷到鹽和找到機會在鐵柵上塗上鹽水？」

「這⋯⋯」波利無言以對。

「這、這什麼？我還沒說完呢！是四年呀！整整四年都沒發現他的逃獄計劃，你和你的獄卒是幹什麼的？簡直就是**笨蛋**！」李大猩越罵越狠，他已完全忘記自己其實是**五十步笑百步**，不然就不會沒察覺鐵柵可以輕易拆下來了。

「馬奇的偽裝工作做得很周到。你們看，在鐵柵末端上還黏着一些**污泥**，他把污泥塗在鏽跡上，獄警就不容易發現了。」福爾摩斯為胖子獄長**打圓場**。

可能狐格森也覺得李大猩說得有點過分了，連忙岔開話題道：「算了、算了，我們去**圍牆**

看看吧，那邊也有些叫人摸不着頭腦的事兒。」

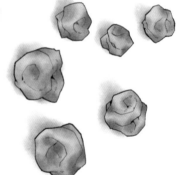

胖子獄長吁了一口氣，連忙走出牢房，領着眾人走到圍牆下面。

福爾摩斯和華生走近一看，只見圍牆下的雪地上，有幾團**拳頭**大小的東西。

「**是布碎**。」未待福爾摩斯發問，波利已說了。

「共**六塊**，全是從牢房的被套上撕下來的。」狐格森補充。

福爾摩斯在那幾團布碎前蹲下來檢視了一下，然後又抬起頭來看一看圍牆，問：「這圍牆有多高？」

波利答：「足有20呎高。」

「馬奇那傢伙實在太奇怪了，他為何撕爛被套呢？難道與他逃獄的方法有關？」狐格森說。

「哼！那幾塊布又怎會跟逃獄方法有關，他這是故弄玄虛，企圖干擾我們的調查方向。」李大猩以不屑一顧的語氣道。

「唔……」福爾摩斯沉思了片刻後說，「從表面看來，確實看不出有什麼關係。但馬奇是個工於心計的人，他在這裏留下布碎，必有某些特別的原因。」

就在這時，一個瘦皮猴似的獄警氣喘吁吁地奔至：「報告獄長，我在圍牆外面發現了這些東西。」說着，他遞上了一塊薄餅和一塊呎把長的爛布。

「奇怪？怎麼昨天我們沒發現呢？」狐格森不明所以。

「今天雪融化了很多，被雪覆蓋着的這塊

薄餅和爛布就露出來了。」瘦皮猴說。

「這⋯⋯薄餅是囚犯前天的**午餐**，**爛布**則和那幾團**布碎**一樣，都是從**被套**上撕下來的，怎會在圍牆外面的呢？」波利自言自語。

「一定是馬奇跳下圍牆時不小心遺下的。」狐格森道。

「爛布不敢說，但薄餅肯定不可能。」波利一口否定，「因為囚犯在飯堂每人只能分得一塊薄餅，而且都在獄警的監視下必須**吃光**。馬奇不可能省下來不吃。」

「**傻瓜！**」李大猩喝罵，「你不是說過他在廚房工作嗎？偷偷藏起一塊又有何困難？」

「這⋯⋯也不可能

呀。」波利戰戰兢兢地否定，「馬奇雖然負責烤薄餅，但麵粉等材料每次都由獄警派發，而烤的過程也在獄警的**監視**下進行。」

「對，前天是我負責看管廚房，錯不了。」瘦皮猴獄警說。

福爾摩斯看着爛布出神，似乎想不通**箇中奧秘**，只好抬起頭來說：「先去廚房看看吧。」

「好的。」波利說完，就領着眾人離開圍牆。他們只是走了十來步，就看到幾十個**囚犯**在操場上百無聊賴地徘徊。

「哦，原來已到了**放風**時間，囚犯們都出來曬太陽呢。」胖子獄長道。

福爾摩斯看到囚犯中有一幫人狠狠地盯着他們，於是說：「看來我們不太受歡迎呢。」

「啊,你說那幫人嗎?」胖子獄長也察覺那些不友善的眼神了,「當中那個大塊頭就是被馬奇打掉了兩顆牙齒的**刀疤熊**。」

　　福爾摩斯再往那邊看去,正好與那個**大塊頭**的眼神碰上了。那是一雙沒有感情的眼睛,卻會令人產生深不見底的恐懼,福爾摩斯知道,擁有這種眼神的人,都是**殺人不眨眼**的傢伙。他不禁感到疑惑:

「馬奇為什麼要挑這個可怕的**大塊頭**下手呢？找個瘦弱一點的囚犯，不是一樣能達到被關進單身牢房的**目的**嗎？」

「喂喂喂，你們在談什麼？不是要去廚房嗎？」李大猩不耐煩地問。

「沒什麼。」福爾摩斯暫且放下這個疑問轉身想走，卻又瞥見操場的角落有一個**水龍頭**，而且還在不斷滴水。突然，他心中又閃過另一個疑問，於是問道：「那個水龍頭前天也一直開着沒關過嗎？」

「最近的天氣太奇怪了，前天早上還下着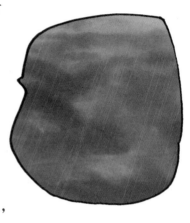，但下午卻來了一場，連屋頂和牆頭上的積雪也被融化了不少。不過，雨停後氣溫又急劇下降，不久又下起大雪來。為免水龍頭結冰堵塞喉管，就算不用水也不能把水喉完全關掉。」瘦皮猴獄警答。

福爾摩斯聞言眼前一亮，問：「前晚這裏也一直下雪嗎？氣溫大概有多少度？」

獄長波利想了想，說：「我半夜上廁所時還在下雪，放在廁所那盆水也結了，我看

不會高於 零下10度 吧。不過早上起來已放晴
了，氣溫又回升到5至6度之上。」

「原來如此，那麼，前
天下雨後氣溫急劇下降，
那堵 圍牆的表面 不就
結成一層冰了？」福爾摩
斯指向圍牆
問。

「是呀，不過昨天早上已全
部 融化 了。」瘦皮猴答。

「有什麼問題嗎？」華生
問，他知道老搭檔一定發現了什麼。

「當然有問題。」福爾摩斯 斬釘截鐵 地指
着圍牆說，「毫無疑問，馬奇是翻過那堵圍牆
逃脫的，因為 天氣 幫了他一個大忙！」

華生等人聞言皆大感意外，卻又不明所以。

獄長波利問道：「天氣又怎樣幫忙馬奇逃獄？可以解釋一下嗎？」

福爾摩斯微笑不答，卻道：「到**廚房**看看再說吧，我們還未知道掉在圍牆外的那塊**薄餅**跟馬奇的越獄有何關係呢。」

第50塊 薄餅

福爾摩斯不肯馬上解答，各人只好**滿腹疑惑**地走到廚房，看看又能發現什麼。

瘦皮猴獄警從烤爐中取出一個方形的鐵製**大烤盤**，道：「薄餅就是用這個烤盤烤出來的。」

福爾摩斯打量了一下烤盤，問：「能說明一下烤製的方法嗎？」

「哎呀，我們是來捉逃犯的，不是來學烤薄餅啊。」狐格森沉不住氣道。

「**不！**」李大猩罕有地支持福爾摩斯，胸有成竹地說，「我已想通了，必須查明圍牆外那塊薄餅的**來源**，這對查出馬奇的**去向**甚有幫助。」

華生聞言感到奇怪，難道李大猩又想出了什麼點子？

瘦皮猴見李大猩也願意聽，於是一口氣地把薄餅的製法道出。

用水把麵粉和發粉混和，並搓成麵漿。

在大烤盤中塗上牛油以防黏底。

把麵漿倒進大烤盤中鋪平，放進烤爐裏烤半小時。

之後，把烤盤拉出，在半熟的薄餅上均勻地撒上芝士粒，再烤十來分鐘即成。

向橫切六刀

向直切六刀

「烤好後，又怎樣分給囚犯呢？」福爾摩斯問。

「很簡單，這個烤盤是3呎半乘3呎半的大小，只要在薄餅上每隔6吋下刀，向直切六刀，

向橫又切六刀，就可以把薄餅切成 **49塊**，每塊大小都是 **6吋乘6吋**。這裏有49個囚犯，每人可分得一塊。不多也不少。」瘦皮猴獄警說。

「而且必須切得準確，有一次切得不均勻，囚犯們差點兒就暴動了。」獄長波利補充。

「這麼說來，馬奇根本不可能偷走其中一塊薄餅呢。」華生道。

「**哈哈哈，果然證明了我的看法！**」李大猩興奮地叫道。

「什麼看法？」瘦皮猴問。

「還用問嗎？」李大猩自信滿滿地道，「如果沒法從廚房中偷走薄餅的話，那

塊薄餅就不是馬奇逃走時掉下的。反而，很可能是他的同黨故意丟在圍牆外，以便製造出他已逃脫的假象。」

「他為什麼要這樣做？」胖子獄長問。

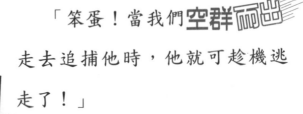

「笨蛋！當我們空群而出走去追捕他時，他就可趁機逃走了！」

「啊，原來如此。怎麼我們沒想到這一點呢？」胖子獄長恍然大悟。

「哈哈哈，大家的腦袋不一樣嘛。」李大猩沾沾自喜地說。

「不，圍牆外那塊薄餅是從烤盤中切下來的第50塊薄餅，而且還是馬奇越過圍牆後不

小心遺下的。那些布碎則證明他早已**越過**圍

牆，逃之夭夭了。」福爾摩斯非常肯定地說。

「烤盤中的薄餅只能切成49塊小塊，而且

都在獄警**監視**下吃光，又怎會跑出第50塊來

呢？」華生問。

福爾摩斯笑着向瘦皮猴獄警問道：「剛才

撿到的那塊薄餅呢？」

「在這兒。」瘦皮猴把那塊薄餅遞上。

「你在監視馬奇烤薄餅

時，是否曾經離開過這廚房

一會？」

瘦皮猴**赫然一驚**，連

忙搖頭否認：「沒有呀。」

「不要隱瞞了。我知道在薄餅被放進烤爐

後，你曾經離開過廚房。」福爾摩斯說。

瘦皮猴大概沒想到福爾摩斯能說出這麼準確的時間，只好承認：「是的，我看着薄餅被放進烤爐後，就上**廁所**去了。」

　　「哼！這麼說來，一定是馬奇趁你**開小差**時切出一塊偷走的！」李大猩厲聲指責。

　　胖子獄長見狀連忙為下屬解釋：「這不算開小差，**人有三急**嘛。而且，就算他走開一會兒，馬奇也不能偷偷切下一塊薄餅啊，那不是太明顯了嗎？」

　　華生和狐格森不約而同地點頭同意，因為他們都想像得到，如果馬奇從烤盤中切下一角薄餅，任誰都能夠一眼就發現，而且少了一塊

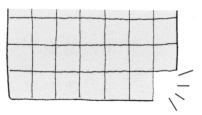

的話，餘下的**48塊**根本不夠分給49個囚犯。

「嘿嘿嘿，李大猩沒有說錯，馬奇的確是趁沒有人監視時切走一塊薄餅的。」福爾摩斯別有意味地道。

「怎可能？」瘦皮猴不服，「我如廁回來後，親眼看着馬奇從烤爐中取出烤盤，而烤盤內的薄餅**完整無缺**，並沒有被切掉一角的**痕跡**啊。」

「我相信他，前天我也在飯堂，連馬奇在內的49個囚犯，確實每人分得了一塊方形的薄餅，而且看起來大小都一樣。」胖子獄長道。

「我不會懷疑你們的眼睛，你們看到的都是事實。」福爾摩斯道，「不過，我不是說了嗎？馬奇偷走的是**第50塊薄餅**，只要從烤盤中切

出第50塊薄餅，那就**神不知鬼不覺了**。」

　　各人聞言都面面相覷，他們都無法理解在不影響49塊薄餅的情況下，如何切出第50塊薄餅。

　　「哈哈哈，看來大家都忘記了馬奇是個**騙術**高手，他只要**略施小計**，就能變出第50塊薄餅來啊。」福爾摩斯笑着取來一張白紙，把馬奇的手法逐一說明並畫下來。

❶趁獄警上廁所時，他取出烤盤，在薄餅左邊從上數下**第12吋**的位置上，斜角切向右上角，切出一塊三角形的**薄餅A**。

❷然後，在薄餅底部由左數向右的**第18吋**位置上，直線往上切，切出**薄餅B**。

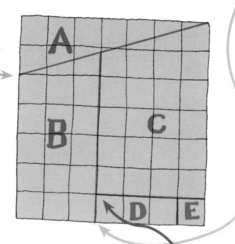

❸接着，在薄餅底部從下數上**第6吋**的位置上，直線向橫切，切出**薄餅D和C**。

❹繼而，在剛切出來的長條形薄餅D上，加上一刀，切下一角**6吋乘6吋**的**薄餅E**。這一角薄餅E，就是馬奇偷走的那塊薄餅了。

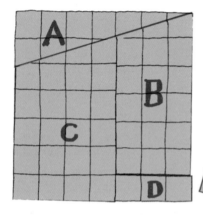

❺馬奇取走薄餅E後，把薄餅C和薄餅B的位置**對調**，再在右下角拼回薄餅D，就剛好拼出一個看來完整無缺、3呎半乘3呎半大小的薄餅了。

❻拼好薄餅後，馬奇把半熟的薄餅再放回烤爐去烤，好讓切痕黏合。

❼最後一個步驟，就是把芝士粒撒到薄餅上，當芝士融化後在薄餅表面形成一層「衣」，就會把切痕完全掩蓋了。

❽獄警如廁回來，馬奇若無其事地從烤爐中取出烤盤，並在薄餅上橫六刀、直六刀地切出49塊薄餅，並盛到碟上分給49個囚犯。當然，那塊被他偷走的**薄餅E**，他早已藏在衣服之中了。

「太厲害了！」胖子獄長聽完福爾摩斯的說明後，不禁**擊節讚賞**。

李大猩並不服氣，馬上把瘦皮猴撿來的薄餅再看一次，因為福爾摩斯說的如果都是真的，那塊薄餅應該是在撒上**芝士粒**之前切下來的，它的表面就不會有芝士。

結果，他當然是**大失所望**了。

「嘿嘿嘿，找不到芝士吧？其實，我一看到這塊薄餅時，已發現這一點了。」福爾摩斯笑道。

「哼！我最討厭就是吃芝士。」李大猩在無話可說之下，只好**晦氣**地吐出一句。

狐格森想了想，道：「大家想像一下，就

算能證明這塊薄餅是馬奇偷的，也不能證明他是翻牆而去。因為，他可以在圍牆內把薄餅擲到圍牆外面去呀。」

「也有道理，沒有長長的**梯子**，根本不可能翻越20呎高的圍牆。」胖子獄長點頭道。

「說得對。所以，**馬奇正是用梯子越牆而逃的**。」福爾摩斯道。

「什麼？梯子在哪？獄中並沒有這麼長的梯子啊。」瘦皮猴道。

「對，我們也調查過了，這所監獄不但沒有長梯，連長一點的**繩子**也沒有。」狐格森附和。

福爾摩斯狡黠地一笑，道：「你們沒看見嗎？梯子就在圍牆下面呀。」

華生赫然一驚，問道：「你指的是那**六塊布碎**？」

「沒錯，但你只說對了一

半，沒有那滴着水的**水龍頭**，布碎也成不了事。」

　　各人面面相覷，摸不着頭腦。

　　「還不明白嗎？馬奇用水沾濕兩塊布碎揉成**拳頭**大小，然後分別貼在牆上**2.5呎**及**5呎**的位置上，當它們結成冰黏在牆上後，他以這兩塊冰作踏腳石，再在**7.5呎**和**10呎**的位置，貼上另外兩團沾濕了的布碎，待它們結成冰後，又以它們作踏腳石，在**12.5呎**和

15呎的位置上，貼上兩團沾濕了的布碎。然

後，待它們結成冰黏在牆上後，他已有足夠的高度攀越20呎的圍牆了。」福爾摩斯道。

「好厲害！」華生不禁讚歎，「六團布碎黏在圍牆上，就變成了一條『冰梯』了！」

「對，昨天早上的溫度回升，而且那堵圍牆朝東，太陽出來後就會被曬個正着。冰融化後，原本黏在牆上的布團掉到地上，『冰梯』也

就消失。不知內裏的話，就不知道布碎有何作用了。」福爾摩斯道，「不過，圍牆外的那塊爛布有何作用，我還未想得通。」

雖然仍有未能解答的疑問，但李大猩也不得不佩服了，他舉起拇指稱讚：「福爾摩斯，你實在太厲害了，我這次也只能甘拜下風

了。不過，知道他逃獄的方法也沒用啊，如何把他抓回來才是最重要的。」

「這個嘛，只要知道他的逃走路線，就不難把他抓回來。」

「逃走路線嗎？」胖子獄長搔搔頭，「大路易走，他在前天晚上可能已沿大路逃脫了。」

「我看未必，馬奇是個非常小心的人。前天晚上他搭建那條冰梯至少也要五六個小時，他翻過圍牆時已差不多天光了，走大路很容易讓人發現。我看他必會抄小路而逃。」福爾摩斯說。

「抄小路……這麼說來，他就只能翻山而逃了。」瘦皮猴道。

「翻山？」福爾摩斯眼前一亮，

「翻山逃走需要多少時間？」

「如果**騎馬**上山，然後**滑雪**下山的話，大概只需半天。」瘦皮猴歪着頭想了想答，「但步行的話，足要**兩天**時間。」

「原來如此，看來馬奇偷取薄餅就是為了翻山逃走時在路上吃的，現在距他越獄已有一天半，他沒有東西吃的話，**體力**也該差不多用完了。」福爾摩斯說。

「哼，竟然連**糧草**也準備了，那傢伙也想得真周到。」李大猩說得悻悻然。

「不過，他卻大意地丟失了薄餅。」華生說。

「對，沒有薄餅就不能補充體力了。」福爾摩斯想了想道，「**我看他還在下山途中。**」

「**好**！那麼我們就立即上山去追！」李大猩道。

「你們懂得**騎馬**和**滑雪**嗎？上山要騎馬，下山要滑雪，否則不可能趕上他。」福爾摩斯問。

「當然懂得。」李大猩和狐格森不約而同地答。

瘦皮猴獄警說：「我對山上的情況熟悉，我可以為你們**帶路**。」

「好，你就為大家帶路吧。」胖子獄長也贊成。

「那我怎辦？」華生已被完全無視了，他不滿地問。

「你也要來嗎？但是你的腿受過**傷**，不方便滑雪吧？」福爾摩斯好像不想華生參與追捕。

「哼，別小看我，我的平衡力很好，滑雪難不到我。」華生又豈能放過捉拿大騙子的機會，看來死也要跟着去。

福爾摩斯沒奈何地說：「**你要來就來吧，但不要後悔啊。**」

雪山大追捕

福爾摩斯等人換了登山裝，帶上滑雪的用具，各自騎上監獄借出的壯馬，在瘦皮猴的帶領下，就往雪山進發了。

　　積滿了雪的山路崎嶇不平，馬兒每走一步，馬腳都陷進一兩尺厚的積雪中，要是人在沒有工具輔助下行走，可以想像當中的困難。華生心想，馬奇雖然在昨天清晨已越過監獄的圍牆逃亡，但在這種環境下攀山而行，確實可能還在下山途中，要追上他也並非不可能。

　　幸好那幾匹都是走慣雪路的馬，一行五人只花了三個小時就登上了山峰。

「現在下馬，大家滑雪追趕吧。」福爾摩斯說。

「那這些馬怎辦？」華生問。

瘦皮猴笑道：「不必擔心，牠們很熟悉這附近的山路，懂得自行**原路折返**監獄，絕不會迷路。」

各人從馬背上卸下滑雪用具後，瘦皮猴用力拍一下他那匹馬的屁股，然後**叱喝**一聲，那匹馬就乖乖地原路下山了。其他馬兒見狀，也默默地跟着下山而去，看來瘦皮猴騎的那匹是領頭馬。

「馬真有靈性呢。」狐格森道。

「我們沒空在這裏感歎，快穿上**滑雪板**，準備下山吧，否則就追不上馬奇了。」李大猩催促。

　　眾人連忙穿上木製的滑雪板，手持滑雪杖，準備出發。

　　上山時不覺，但站在**山崗**上往下看，華生發覺原來山坡頗為**陡峭**，就這樣往下滑的話，簡直有點跳下懸崖的感覺，想到這裏，雙腿不禁微微地**顫抖**起來。

　　「沒想到這麼陡峻……」

狐格森也膽怯地說。

李大猩的喉頭動了一下，好像吞了一口口水，似乎也被陡峭的坡度嚇壞了。

「這個坡度不算什麼呀。」瘦皮猴滿不在乎地說，「讓我來帶頭吧。」他話音剛落，已一個縱身跳下，往斜坡滑下去了。

「怎麼了？害怕嗎？」福爾摩斯狡黠地一笑。

「別胡說，這點坡度算什麼。我只是想讓你們先出發罷了。」李大猩連忙故作輕鬆地說。

「對、對、對，我們殿後，你們先上吧。」狐格森怎肯示弱，也隨聲附和。

「是嗎？那我和華生先滑下去了。」福爾摩斯道。

「什麼……？我嗎？」華生嚇了一跳，仍然

猶豫不決。

「去吧。」福爾摩斯**冷不防**在華生背後用

力一推。

「**哇呀呀呀**——」華生霎時失去平衡向

前傾，整個人就往山坡下滑去。福爾摩斯這下**突如其來**的動作，把我們那對蘇格蘭場活寶貝嚇得臉色發青，站在山崗上**進退兩難**。

然而，奇跡馬上出現了，華生滑下去後，竟然很快就取得**平衡**，在山坡上順暢地滑行起來。

「嘿嘿嘿，華生那傢伙滑得不錯嘛。其實他只要滑出第一下，然後順着去勢滑下去，就會克服心中的**恐懼**了。」福爾摩斯自言自語似的說，當然，他其實是說給李大猩兩人聽的。

李大猩和狐格森聞言，下了決心似的**咬緊牙關**，但仍然沒動。

「好了，我先走一步啦。」福爾摩斯話音剛落，已「**咻**」的一聲凌空飛躍而出，直往雪坡下飛去。

　　蘇格蘭場的活寶貝見狀，只好也硬着頭皮相繼躍出第一步，雙雙滑下坡去。就像華生那樣，他們也很快就取得平衡，追着福爾摩斯前進。

華生速度不快，精於滑雪的瘦皮猴和福爾摩斯則故意減慢速度，不一刻，五人的距離就縮短了。

「有馬奇的蹤跡嗎？」李大猩追近後叫問。

「還沒看到。」福爾摩斯揚聲答道。

「小心注意兩邊的樹林，他可能躲在林中。」瘦皮猴叫道。

「咦？左面的

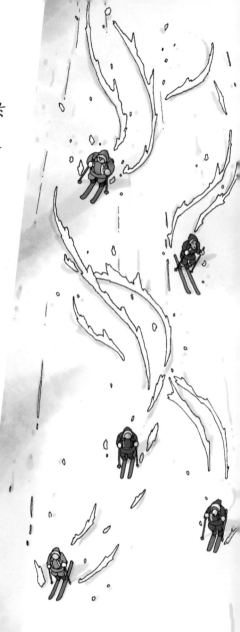

樹林中好像有個**黑影**！」說着，福爾摩斯上身向左一壓，颼的一下就改變方向，滑向左面的樹林去。

「**等一等呀！**」李大猩連忙大叫，也學着福爾摩斯的動作，往左面飛滑而去。狐格森見狀也不示弱，急急地從後追趕。

「小心呀！那邊多樹木，不要撞到樹上去！」瘦皮猴大叫。

但話音未落，李大猩已伴隨着他那悽厲的慘叫，「**嗒**」的一聲撞到一株樹上，摔得**人仙馬翻**。從後而至的狐格森

連忙轉彎急剎，他的滑雪杖飛脫彈到半空，身體慣性的衝力仍仗着餘勢向前衝，「嘭」的一聲，他整個人倒下，硬生生地壓在李大猩身上。

瘦皮猴和華生大驚，馬上趕過去看個究竟。

「你們沒事吧。」華生問。

「嗚⋯⋯好痛啊⋯⋯」狐格森呻吟，他的一條腿正好掛在李大猩的脖子上。

「還叫痛！你壓着我，我比你更痛呀！」李大猩叫道，並一手推開狐格森的大腿。

「哎呀，不是你撞到樹上的話，我又怎會這樣。我是為了閃避你而倒下來的呀！」狐格森罵道。

看到兩人鬥嘴的氣勢，華生知道他們都沒大礙，總算鬆了一口氣。

這時，呼的一陣氣流掠過，福爾摩斯已滑

回他們的身旁。

「怎麼了？有發現嗎？」李大猩站起來問。

「有呀，不過只是隻山羊。」福爾摩斯聳聳肩。

「什麼？不是馬奇嗎？」狐格森非常失望。

「豈有此理，還害我撞到樹上，真不值。」李大猩悻悻然地說。

「沒辦法，只好繼續追。」狐格森道。

眾人重新穿好滑雪板，再往下滑去。李大猩和狐格森為免再出洋相，兩人都減慢了速度，小心翼翼地滑行。

福爾摩斯一副正中下懷的樣子，也慢下來配合。就這樣，眾人再滑了半個小時左右，在接近山腳的地方，遠遠就看到一團灰色的東西被丟在雪地上。

瘦皮猴走近一看，道：「這是棉被的**裏子**＊，看來是馬奇的，怎會被捆成這個形狀的？」

「嘿，難怪單身牢房的被子不見了。那傢伙果然聰明，不僅懂得從被套撕下**布碎**來搭建一道**冰梯**，留着的裏子還有這個用途。」福爾摩斯檢視着裏子，佩服地道。

「什麼意思？」狐格森問。

「還不明白嗎？這是一個用被子捆成的**臨時雪橇**。」福爾摩斯一語道破。

經他這樣一說，眾人也馬上發現箇中的奧妙了。被子的一頭被捆紮起來，只要坐在上面把腿伸直，再兩手拉着被子的左右兩端，整個人就可坐在這個用被子捆成的雪橇上**滑行**

＊棉被的裏子，即被芯。

了。這樣的話，下山時會大大縮短時間。

　　華生暗忖：「這個馬奇實在太厲害了，一張被子也可玩出這麼多用途，難怪福爾摩斯對他**另眼相看**了。」

　　「現在怎辦？」瘦皮猴失望地問。

　　「還能怎辦，我們要繼續追蹤，你就回去跟波利獄長報告吧。」李大猩道。

馬奇的行蹤

　　山下是一個小鎮，他們抵達小鎮時天色已暗，瘦皮猴獄警馬上叫了輛馬車趕回監獄，李大猩和狐格森則仍在**盤算**下一步該怎辦。

　　華生率先問道：「我們應該循哪個方向追蹤？」

　　「唔……這實在是個難題呢。」狐格森**悵然若失**地說，看來，他對抓回逃犯並不樂觀。李大猩則抱着胳膊**低頭不語**，他想不出

辦法時就會擺出這個姿勢。

「如果我是馬奇，下山之後，我首先會做什麼事情呢？」福爾摩斯忽然自問。

一言驚醒夢中人，李大猩聽到大偵探這麼說，猛地抬起頭來：「**馬奇要換衣服！**」

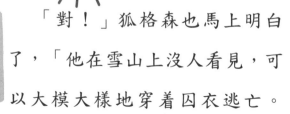

「對！」狐格森也馬上明白了，「他在雪山上沒人看見，可以大模大樣地穿着囚衣逃亡。

但下山之後就得更換衣服，否則立即會暴露身份！」

李大猩推測：「他身上沒錢，繼續逃亡就得偷點和偷些**衣服**更換。我們去派出所問一問，看看附近有沒有人失竊。」

「對，去問一問就知道了。」福爾摩斯附和，但嘴角又露出一絲**暗笑**，似乎一切都在他的計算之內。

華生看在眼裏，他知道福爾摩斯早就想到馬奇的這一着了，但為了給李大猩他們保存一點**面子**，自己不說，卻誘導兩人自己說出來。

眾人在火車站附近找到了**派出所**，駐守

的警員一聽是來自倫敦的警探，也不敢怠慢，馬上報告了兩宗**盜竊案**。首先，是昨晚深夜12點左右一個旅客來報案，說在火車站丟失了**錢包**，很可能是給扒手扒去的，因為他在火車站的大門口給一個穿大衣的紳士碰了一下。

此外，鎮上一間**洋服店**在今早準備開門營業時，店員發現櫥窗的玻璃給打爛了，原本穿在一個木製男裝模特兒身上的**襯衫**、**西裝**、**大衣**和**鞋襪**全部不翼而飛。店員估計，竊賊應該是在昨夜8時關門後下手的，但幸好櫥窗與店內並不相通，錢箱裏的錢沒有人動過。

「哼！一定是馬奇幹的。他昨夜逃到鎮上，

趁洋服店關門後偷了衣服，然後打扮成一個紳士再到火車站扒去人家的錢包！」李大猩說得咬牙切齒。

「這麼說來，他是急着乘火車逃走了。」福爾摩斯道。

「為什麼這樣說？」華生問。

「馬奇為人謹慎小心，他不可能不知道在火車站動手會暴露自己的去向，但他仍然這麼做，除了急於上車之外，還能有其他原因嗎？」福爾摩斯分析。

李大猩想了一想，向派出所警員問道：「那個旅客是什麼時候察覺丢失了錢包的？」

「他趕着乘搭昨夜最後一班夜行列車，但買票時卻發現錢包不見了，所以被扒去錢包的時間應該是在列車開出之前十分鐘左右，即

是「**午夜11時50分**。」警員答。

「明白了！」狐格森搶着說，「馬奇為了趕搭昨夜最後一班火車，就算暴露自己的去向也在所不惜！」

李大猩雙眼**發紅**，厲聲問道：「那班是開往哪兒的火車？」

那警員給他的**兇相**嚇了一跳，連忙翻看火車時刻表，一邊看一邊答道：「**終點是倫敦**。」

狐格森湊過頭去看了看，失望地說：「但中途有十多個站啊。」

「不，日間的火車才會中途停站，那班夜行火車是直

接開往倫敦的。」警員答。

李大猩兩眼**圓瞪**，興奮地叫道：「我們馬上回倫敦！」眾人回過神來，他已衝出派出所，奔往火車站去了。狐格森見狀，也趕忙追去。

可是，福爾摩斯卻**不慌不忙**地向警員握手道謝，然後才施施然地離開派出所，一副**成竹在胸**的樣子。

華生斜眼看了看福爾摩斯，懷疑地問：「不用追趕他們嗎？」

「追來幹什麼？反正那兩個活寶貝會等我們。」福爾摩斯狡黠地笑道。

「會嗎？看李大猩那副**急性子**，他可能已衝上火車了。」

「你沒看那**時刻表**嗎？下一班開往倫敦的火車還有30分鐘才開車，他們衝上火車也得等呀。」福爾摩斯悠然地吐了一口煙。

「啊！」華生不禁啞然，他這時才知道，原來老搭檔在看時刻表時，連下一班的火車時間也看在眼裏了。華生想起福爾摩斯常掛在嘴邊的名句：「**人們只是在看，我是在觀察。**」

果然，兩人去到火車站一看，李大猩和狐格森有如熱鍋上的螞蟻，仍在候車大堂內急得團團轉。

教堂的婚禮

　　四人坐了一夜火車，在早上8點半終於抵達倫敦。李大猩和狐格森扔下福爾摩斯和華生，急急叫了輛馬車趕回蘇格蘭場總部。

　　本來慢條斯理的福爾摩斯待兩人的馬車走遠了，突然說：「**快！否則就趕不及了！**」未待華生回過神來，他已揚手截停一輛開篷的二人馬車，一個縱身就躍進車內。華生雖然不知老搭檔的**葫蘆**賣的是什麼藥，但看他忽然如此匆忙，也只好連忙跟上。

「快去**聖馬丁教堂**，能在9點前趕到的

話，多送你半個**金幣**。」福爾摩斯向馬車夫道。

「好呀，那半個金幣我要了。」馬車夫手上

的**韁繩**一揚，馬車就全速開動了。

「這麼**急巴巴**的，究竟要去

聖馬丁教堂幹什麼？」華生問。

「出席婚禮。」

「誰的婚禮？」

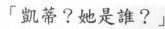

「凱蒂的婚禮。」

「凱蒂？她是誰？」

「馬奇的女兒。」

「啊！」華生這才猛然記起，馬奇有一個女兒，四年前，福爾摩斯與李大猩他們就是趁馬奇出席女兒的**生日派對**時，把他拘捕的。

「凱蒂今天出嫁，在聖馬丁教堂行禮。」福爾摩斯說。

「你怎知道──」還未問出口，華生已想到**答案**了。福爾摩斯說過，在收到狐格森請求協助的電報後，已馬上去調查，凱蒂今天**結婚**的事，一定是那個時候查出來的。這也解開了馬奇**逃獄之謎**，他雖然還有一年就可以出獄，但當他收到凱蒂的監護人通知，得悉女兒即將結婚後，已等

不及出獄了，因為**婚禮**不會等他，為了出席這個一生人只有一次的儀式，他就只好逃獄了。此外，他不惜暴露行蹤也要趕來倫敦，為的也是同一個原因！

「這麼重要的情報，怎麼不告訴李大猩他們？」華生問。

「因為馬奇會出席婚禮呀。」

「那不是更要通知他們嗎？」

福爾摩斯**扭**過頭來，以嚇人的眼神盯着華生說：「四年前，那兩個活寶貝當着凱蒂的面

把馬奇拘捕，傷透了她的心，難道你想這個情景在她滿堂賓客的婚禮上 **重演** 一次嗎？」

「啊！」華生無言以對，他明白福爾摩斯的用心了。確實，要是李大猩和狐格森兩人得悉這個 **情報**，必會暗中在教堂內外佈下天羅地網，當馬奇在婚禮現身時，他們就會一擁而上把他 **拘捕**。新娘子凱蒂在滿堂賓客下看到這個情景，必會 **傷心欲絕**，更可能永遠無法在夫家面前抬起頭來。

「華生，你知道嗎……」福爾摩斯充滿感慨地說，「執法者要把罪犯 **繩之於法**，目的是為了主持公義，以免日後更多人受害。可是，如果為了執法而製造出更多無辜的 **受害者**，那又有什麼意義呢？」

華生點點頭道：「你說得對，我們不能在

凱蒂的面前拘捕馬奇。不過，總不能**眼睜睜**地看着他逃走吧。」

「當然不會讓他逃走，我們只要**暗中監視**，待馬奇離開教堂後把他拘捕就行了。」

「不怕他逃走嗎？」華生擔心地問。

「不怕，只要我一現身，他必會乖乖地跟我去警局**自首**。」

「為什麼？」

「因為我抓住了他的**弱點**。」

「他的弱點？」

「對，他比我們更怕在凱蒂的婚禮上暴露自己的身份，所以見到我之後只會靜靜地**束手就擒**。」

「有道理。他不會為了逃走而把事情鬧大，否則凱蒂會再受一次傷害。」華生認同這個觀點。

「嘿嘿嘿，事情就是這麼簡單。要不是為了**拖延時間**，我們也不必去『鐵壁』監獄調查。」福爾摩斯狡黠地笑道。

「啊！」華生恍然大悟，「我明白了。你去『鐵壁』監獄調查，是想找藉口**拖延**李大猩他們返回倫敦的時間，以免他們查出馬奇的女兒今天結婚。」

「正是。」福爾摩斯一口承認，「你知道，**知情不報**和拖警探的後腿都是犯法的，開始時我不肯把實情相告就是這個原因。」

「那麼，上雪山追捕也是**假戲真做**嗎？枉我從雪山上滑下來時嚇得半死。」華生抱怨。

「這個你可不能怪我。我不是當着大家的面**暗示**你不要上山嗎？但你死也要**趁熱鬧**，我也沒辦法啊。」福爾摩斯乘機挖苦。

華生給氣得說不出話來。說着說着，雄偉的

聖馬丁教堂 已在望了。

「婚禮是在9時左右開始，剛好趕及。」福
爾摩斯下車後對華生說。

兩人悄悄地潛進教堂，在禮堂內，兩個新人正好在牧師的前面**宣誓**，場面溫馨又莊嚴。福爾摩斯用手肘輕輕碰一碰華生，示意從側面的樓梯登上二樓。

　　華生意會，他知道從二樓**居高臨下**看下去，就算馬奇混在賓客當中，也不難找出他的所在。

　　兩人登上二樓，福爾摩斯小心地觀察，不一刻，就找到了**目標人物**。

「看，右面第三排坐在長凳最右邊的那個金髮紳士，就是馬奇了。」福爾摩斯輕聲道，「他雖然易了容，但逃不過我的眼睛。」

「那怎辦？」華生壓低嗓子問。

「你在這裏看着。」福爾摩斯吩咐，「我下樓去，在他身後的側廊監視。」

說完，福爾摩斯就躡手躡腳地下樓去了。

婚禮如常進行，那個金髮紳士仍靜靜地坐在那裏，聽着牧師的祝福。華生並沒看到老搭檔的蹤影，他可能已在暗處埋伏。

　　牧師的祝福完結後，到聖詩班上場，悠揚的歌聲在大禮堂蕩漾，賓客完全沉醉在美妙的歌聲之中。歌畢，全場響起雷動般的掌聲。就在這時，福爾摩斯突然從側廊中閃出，一手搭在金髮紳士的肩上，並在他耳邊說了些什麼。在賓客興奮的掌聲之中，兩人悄然離座，消失在側廊之中。

　　華生趕忙走下樓去，在沒人注意下閃出教堂。他估計，福爾摩斯已悄悄地押着金髮紳士離開了。

　　華生找了一會，在側門不遠處的牆角找到了兩人。這時，他終於清楚看到馬奇的容貌

了。他雖然神情有點**憂郁**,但臉上掛着一股學

者的**秀氣**,似一個知書識禮的紳士,多於福爾

摩斯口中的大騙子。但華生回心一想,一流

的騙子,又怎會讓旁人從外貌上分辨出來。

華生走近,他聽到馬奇對福爾摩斯說:

「就是這樣,你的**推理**

和**事實**還有點差距

呢。」

「這並不出奇

啊。」福爾摩斯歎了

一口氣,「事實嘛,

就是如此,不一定按

人的意志**循規蹈矩**

地發生,它往往比推

理來得更**玄妙**。」

華生暗忖：「他們在說什麼呢？難道福爾摩斯的推理錯了？馬奇現身女兒的婚禮，證明福爾摩斯推論他逃獄的目的並沒有錯，要錯的話，只有逃獄的方法，難道馬奇不是用布碎搭建的冰梯逃獄的？那麼，他是用什麼方法越過圍牆的呢。」

　　馬奇察覺華生走近，但瞥了他一眼就沒理會了，他閒聊似的繼續和福爾摩斯說：「你的問題我已解答完了，可以讓我多看一眼凱蒂嗎？否則，不知要多少年後才能再看到她了。」

　　「好呀。」福爾摩斯想也不想就

說，「我們就在這裏等候吧，一對新人乘**花車**離開時，你就可以看到凱蒂了。」

「謝謝你。」馬奇有點兒**腼腆**地道。看來，他非常感激福爾摩斯的體諒。

不一刻，觀禮的賓客陸陸續續地步出，分站於道路的兩旁。在人群後面，馬奇顯得越來越緊張，他**踮起**腳尖，等待花車開出。

「來了、來了！」道路兩旁的賓客響起了一陣騷動。

接着，傳來了噠噠噠噠噠噠噠噠噠噠噠噠噠噠噠噠噠噠噠噠噠噠噠噠噠噠的馬蹄聲，一輛漂亮的花車開出，一對幸福的新人在車上不斷揮手，道路兩旁的賓客間響起了陣陣歡呼聲。

「嗚——」馬奇看到花車後，突然激動地叫起來，那叫聲並不大，就像一股**悲**在內心深處沒法喊出來的**悲鳴**。但華生聽得出，那不是悲傷的叫聲，而是發自**心坎**裏的欣喜。他不動聲色地轉過頭去偷看了一眼，只見馬奇全身**哆嗦**，眼泛淚光，激動得說不出話來。

花車緩緩開至，忽然，華生注意到，車上的鮮花叢中，還擺滿了漂亮的**布偶**。剎那間，他終於明白馬奇激動的原因了。

這時，車上的**新娘子**不斷往兩旁的人群張望，好像在

找尋熟悉的臉孔。當她往這邊看過來時，

馬奇慌忙轉過頭去，避開了

女兒的**視線**，

並輕聲道：「好

了，我們走吧。」

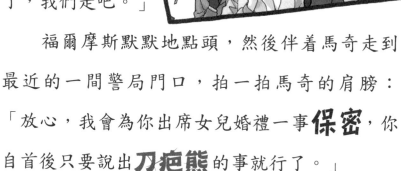

　　福爾摩斯默默地點頭，然後伴着馬奇走到

最近的一間警局門口，拍一拍馬奇的肩膀：

「放心，我會為你出席女兒婚禮一事**保密**，你

自首後只要說出**刀疤熊**的事就行了。」

　　華生心中納悶，「刀疤熊的事」究竟有何

含意？他想起馬奇偷襲刀疤熊一事，福爾摩斯

曾對此感到疑惑，難道與這個**謎團**有關？

　　「謝謝你的好意，後會有期。」馬奇的道別

打斷了華生的思路。他尷尬地笑了笑，然後**如**

釋重負似的走向警局。

兩個錯誤的推論

「看來，花車上的**布偶**已解開了馬奇的心結呢。」福爾摩斯看着馬奇的背影，感慨萬千地道。

華生問：「我也看到了，是馬奇以前送給女兒的**生日禮物**吧？」

「對，一共有15個布偶。」福爾摩斯答，「馬奇的女兒把它們保存得很好。」

「凱蒂為什麼把布偶放在花車上呢？難道她知道馬奇會出現？」

「我發 電報 告訴她的，但我沒說是誰，只是說有一個深愛着她的人會在婚禮的一角**守護**着她。但我沒想到她會把布偶放在花車上，可

能是為了表達對父親的寬恕吧。」

「馬奇看到時,很激動呢。」

「他知道女兒已原諒了他,又怎會不激動。」

「真是一個完美的結局啊。」華生感歎。

「對馬奇兩父女來說,也許是吧。但對我來說,並不完美。」福爾摩斯搖搖頭道。

「為什麼?」

「因為我對案情的推論有一半錯了,而且還錯得很離譜。」

「啊,難道與刀疤熊的事有關?」華生想起心中的疑問。

「這只是其一,我連馬奇越獄的方法也推論錯了。」福爾摩斯道。

原來,當馬奇從教堂被福爾摩斯押走時,

已交待了一切。那塊丟在圍牆外的**薄餅**，確如大偵探推論一樣，是馬奇用巧妙的切法切出來的。可是，在推論他的逃獄方法上，大偵探的分析卻錯了。初時，馬奇確是企圖利用布碎搭建「**冰梯**」攀越圍牆，但那「冰梯」沒法支撐他的體重，他一踏上去就馬上墮下來了。不過他人急智生，又想到了另一個方法。首先，他把被套撕成**條狀**，並駁成一條長達25呎的**布繩子**，然後在其前端7至8呎的地方**撒尿**，再把它拋到圍牆外面去。

　　沾了尿液的布繩子前端越過圍牆後，他再把繩尾一拉，布繩子下墮的衝力與被拉扯的力量互相產生作用，令繩子前端的布散

開，並「啪嗒」一聲黏在圍牆的外壁上。

　　由於尿液剛從人體內排出，其溫度大約與人的體溫相同，約有攝氏30℃。沾上了熱尿的布與冰牆產生強大的黏力，馬奇趁機揹起棉被並抓着繩子攀到圍牆的頂部，然後把棉被拋到積雪上當作墊子，再拉着繩子從20呎高的圍牆縱身躍下。他墮下時，黏在圍牆上的繩子被他扯斷了。所以，布繩子呎把長的前端仍黏在外牆上。

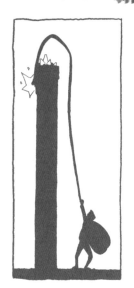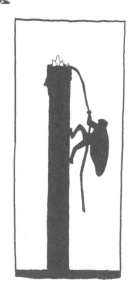

「當早上氣溫回升，牆上的冰**融化**，那段被扯斷的布繩子掉在雪地上，看起來就像一塊**爛布**了。」福爾摩斯最後補充。

「原來如此。」華生恍然大悟，「但這與**刀疤熊**有什麼關係？」

「這是我推論出錯的另一個問題。據馬奇說，他在單身牢房的鐵窗做手腳，其實是在刀疤熊**脅迫**下進行的。」

「啊，這麼說來，原本要逃獄的是刀疤熊，不是馬奇了？」華生問。

「對，馬奇為免遭到監獄老大刀疤熊的

毆打，只能暗中協助。不過，他得悉女兒將會結婚後，又改變了主意。故意打傷刀疤熊，一來是為了被關進單身牢房，二來可以一報被刀疤熊欺負之仇。」

「啊……這就解釋了他為何挑戰比他強壯得多的刀疤熊了，原來是為了**報仇**。」華生恍然大悟。

「當然，他主要目的是想親眼見證女兒出嫁，但另一方面也不想幫助刀疤熊越獄，因為這等同**放虎出籠**，必會為害社會。」

「好厲害。」華生感歎，「這是**一石二鳥**之策，他成功越獄後再去警局自首，只要表示被刀疤熊脅迫下才逃獄，已可**自圓其說**了。」

「對，警方接受這個逃獄的解釋後，就不

必查下去，他曾經出席女兒婚禮的秘密，也可以永遠**埋藏**下來。」

「不過，既然凱蒂已原諒他了，難道他仍不想與她相認嗎？」華生不解地問。

福爾摩斯扭過頭來看着華生，**意味深長**地說：「以馬奇的性格，我看他只會在遠處默默地**守護**着凱蒂，不會走去與她相認了。畢竟凱蒂已覓得一頭好人家，她的夫家未必知道她有這麼一個父親，他的出現只會令她幸福的生活帶來不必要的**漣漪**，又何必？對嗎？」

「對的，又何必。」華生點點頭。他明白，無法相認雖然遺憾，但人生何能盡如人意，能夠默默地在遠處守護，也算是一種**幸福**吧。

科學小知識

【鏽】

空氣中的氧、水分及二氧化碳與金屬接觸時，會引起化學反應，令金屬表面產生一層氧化物及其他化合物，這些東西的總稱就是「鏽」了。

鐵鏽有分「紅鏽」和「黑鏽」，前者的主要成分是氧化鐵(II)的水合物，其侵蝕可直達金屬的內部。後者的主要成分是四氧化三鐵，可保護金屬內部。

此外，銅氧化後會產生黑色的鏽，但空氣中的二氧化碳、硫磺、鹽分及濕氣會令銅表面產生一層綠色的鏽跡，叫做鹼式碳酸銅。鋁的表面也會生鏽，不過是白色的，是氧和鋁的化合物，叫氧化鋁。

又，鹽的主要成分是氯化鈉，當中的氯化物離子能腐蝕鐵表面的保護膜，故可加速鏽蝕進行。

公園的欄杆長年受空氣中的氧和雨水侵蝕，生滿了紅棕色的鐵鏽。

電燈柱的底部也容易生鏽，因為狗最喜歡在那兒撒尿。尿含酸和鹽，令鏽蝕加速進行。

科學小知識

【冰】

　　水由水分子組成，並有三種形態，分別是固體、液體和氣體。常溫時，水分子可以比較自由地活動，在這種狀態下，水是可以流動的液體。當水溫高達100℃的話，水分子可非常自由地活動，水就變成水蒸氣了。反之，當水溫下降至攝氏0℃時，水分子就會連結在一起不動，結成固體的冰。水結成冰後，體積會增加10%左右，而且會變得非常堅硬。

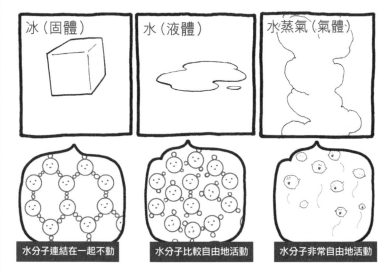

冰（固體）　　水（液體）　　水蒸氣（氣體）

水分子連結在一起不動　　水分子比較自由地活動　　水分子非常自由地活動

　　本故事中的馬奇在首次嘗試攀過圍牆時，就是利用水的這種特性，首先用水沾濕布碎，再把碎布揉成一團貼在表面結了一層冰的牆上。布碎上的水會把

牆上的冰融化，但由於當時氣溫接近－10℃，過了一段時間後，布碎上的水和牆上的水就會凝結在一起，變成一塊黏在牆上的「踏腳石」。於是，他踏上這些「踏腳石」企圖攀越圍牆，可惜這些「踏腳石」承受不了他的體重，結果他失敗了。

不過，他利用水會結成冰的同一特性，把尿撒在布繩子的前端上，當它與圍牆表面的冰接觸時，會迅速與冰面黏在一起，那就像布繩子被釘在牆上那樣，只要抓住布繩子，就可攀上圍牆了。

但為何沾了尿液的布繩子會黏在冰面上呢？原理其實很簡單，就像我們從冰箱中徒手拿出冰塊時，手會黏在冰塊上一樣。因為手的溫度有攝氏30多度，當手與冰塊接觸時，冰會吸收手的熱量，令手上的水氣凝結，同時間又令冰塊的表面因受熱而融化，但由於冰的溫度很低（必須低於0℃），會迅即把熱量吸光，於是，剛融化的冰再次結成冰，並與手上的水氣凝結成的冰結合在一起，這時，我們就會感到手好像黏在冰塊上了。

我們做了個實驗，用攝氏30℃左右的溫水浸濕毛巾後再擰乾，然後把毛巾放到冰塊上，看！輕易就把冰塊黏起來了。

同樣道理，沾了尿液的布繩子溫度約為攝氏30℃，當布繩子接觸到冰牆時，冰牆會迅速吸收尿液的熱量而令尿結成冰。不過，在同一瞬間，冰牆的表面受熱融化，卻又因為冰牆的溫度低至零下十多度，馬上又令剛融化的冰再次結成冰，這麼一來，尿液結成的冰就會與冰牆表面融化後又結成的冰凝結在一起，兩者之間就產生了強大的黏力，令馬奇可以抓住繩子攀上圍牆逃走了。

　　不過，當早上氣溫回升至高於0℃後，冰開始融化，本來黏在牆上的那一段布繩子就掉到地上，看來好像一塊爛布了。

學滑雪有什麼竅門？

要穿又厚又軟的衣服。

學滑雪有什麼要準備？

要買一塊肉。

那是保暖，不會增長技巧呀。

你錯了。

買肉來幹什麼？

餵狗。

為什麼？

有什麼關係？

看着吧。

因為摔倒了也不會痛，才會願意嘗試。

大偵探 福爾摩斯

逃獄大追捕 ⑱

原著人物／柯南·道爾
（除主角人物相同外，本書故事全屬原創，並非改編自柯南·道爾的原著。）

小說&監製／厲河　　　繪畫&構圖編排／余遠鍠
封面設計／陳沃龍　　內文設計／陳沃龍、麥國龍　　編輯／盧冠麟、陳仲緯

出版
匯識教育有限公司
香港柴灣祥利街9號祥利工業大廈2樓A室

承印
天虹印刷有限公司
香港九龍新蒲崗大有街26-28號3-4樓

發行
同德書報有限公司
九龍官塘大業街34號楊耀松（第五）工業大廈地下
電話：(852)3551 3388　　傳真：(852)3551 3300

第一次印刷發行　　　　　　　　　　　　　　　2013年4月
第十四次印刷發行　　　　　　　　　　　　　　2022年7月
Text：©Lui Hok Cheung　　　　　　　　　　　　　翻印必究
© 2013 Rightman Publishing Ltd. All rights reserved.

ISBN:978-988-77860-3-0
港幣定價 HK$60
台幣定價 NT$300

想看《大偵探福爾摩斯》的最新消息或發表你的意見，請登入以下facebook專頁網址。
www.facebook.com/great.holmes

若發現本書缺頁或破損，請致電25158787與本社聯絡。

網上選購方便快捷　　購滿$100郵費全免
詳情請登網址 www.rightman.net